21世纪华语诗丛·第三辑

韩庆成／主编

人间别处

南道元　著

知识产权出版社

全国百佳图书出版单位

——北京——

图书在版编目（CIP）数据

人间别处/南道元著. —北京：知识产权出版社，2020.9
（21 世纪华语诗丛/韩庆成主编. 第三辑）
ISBN 978 - 7 - 5130 - 7090 - 4

Ⅰ.①人… Ⅱ.①南… Ⅲ.①诗集—中国—当代 Ⅳ.①I227

中国版本图书馆 CIP 数据核字（2020）第 141390 号

责任编辑：兰　涛　　　　　　　　责任校对：谷　洋
封面设计：博华创意·张冀　　　　责任印制：刘译文

人间别处

南道元　著

出版发行：知识产权出版社 有限责任公司　网　址：http：//www.ipph.cn
社　　址：北京市海淀区气象路 50 号院　　邮　编：100081
责编电话：010 - 82000860 转 8325　　责编邮箱：zhzhuang22@163.com
发行电话：010 - 82000860 转 8101/8102　发行传真：010 - 82000893/82005070/82000270
印　　刷：三河市国英印务有限公司　　经　销：各大网上书店、新华书店及相关专业书店
开　　本：880mm×1230mm　1/32　　印　张：4.75
版　　次：2020 年 9 月第 1 版　　　　印　次：2020 年 9 月第 1 次印刷
字　　数：51 千字　　　　　　　　　全套定价：218.00 元（共十册）
ISBN 978 - 7 - 5130 - 7090 - 4

谨以此书

献给

赐予我们生命与灵魂的祖先

新世纪诗歌的一份果实

赵金钟

　　基于今天的语境，我们似乎可以下如此断语：网络引领了21世纪的诗歌。毫不夸张地说，当下最强劲的诗歌"潮流"是网络诗歌。它凭着新媒体的优势，以一种新的审美追求，猛烈袭击着纸媒诗歌，对传统诗学提出了挑战。所以，我们讨论新世纪诗歌，无论如何也绕不开网络诗歌。网络诗歌给新诗创作带来了新的元素。与此同时，由于其临屏书写的自由，又给网络诗歌自身，进而给整个诗歌创作带来了新的问题。这也是我们讨论新世纪诗歌必须参照的"坐标"。

一

　　进入21世纪以来，利用互联网进行创作或发表诗歌作品的现象十分活跃。学术界或网络界一般称这类诗歌为"网络诗歌", 也有人称之为"新媒体诗歌"(吴思敬)。它的出现给诗歌的创作与传播带来了深刻的影响,"在改变了诗歌传播方式的同时,也改变着诗人书写与思维的方式,并直接与间接地改变着当代诗歌的形态。"[1]它给诗坛带来的冲击力不啻为一次强力地震,令人目眩,甚至不知所措。赞成也好,不赞成也好,网络诗歌就不由分说地站在了我们面前,并改变着传统媒体诗歌业已形成的写作传统,直至形成了新的审美体系。韩庆成在《中国网络诗歌 20 年大系》的序言中认为,网络诗歌在诗歌载体、诗歌话语权、诗歌界限和标准、诗人主体、先锋诗人群体五个方面,对传统诗歌进行了"颠覆"。[2]

网络诗歌首先带来了诗歌写作的极端自由性。这是传统诗歌无法企及的。网络是一个极其自由的场域。它的匿名性和虚拟性创造了一个"去中心"或"多中心"的民主意识形态空间,以让写作者自由地临屏徜徉。网络作为巨大而自由的言说空间,为诗人存放或呈现真实的心灵提供了广阔无边的平台。这一写作环境给予写作者空前的"自主权",使得写作真正实现了"自由化"。自由是网络诗歌的灵魂,也是新诗写作的灵魂。然而,由于各种诗人难以自控的外力的影响,纸媒时代,诗歌的这一"灵魂式"的特性却常常难以完全呈现。这种状况在自媒体出现的时代得到了极大的改观,网络诗歌引领诗歌写作朝着深度自由发展。

当然,过度的"自由"也带来了一些麻烦:有的诗人任马游缰、信手写来,使得他们的诗作常常在艺术上与责任上双重失范。这不是自由的错。但它提醒诗人:艺术的真正自由不是"无边界",而是在有限中创造无限,在束缚中争得自由。自由应是创作环境与创作心态，而不是创作本身。无节制的"自由"还带来了另一种现象："戏拟、恶作剧心理大量存在，诗的反文化、世俗化、极端个人主义倾向非常明显。"[3]这在一定程度上损害了诗的健康发展，需要我们高度警惕。

我欣喜地看到，"21世纪华语诗丛"这套专为网络会员和作者服务的"连续出版的大型诗歌丛书"，正是在这样的背景下应运而生。丛书第三辑的十位诗人，在网络诗歌时代恪守着诗歌的艺术"边界"，他们各具特色的诗歌作品，从某种意义上，代表了当今网络时代诗歌的"正向"水准和实力。

二

生活化，是新世纪诗歌写作的另一重要审美追求。这里的生活化，既是指诗歌写作贴近现实生活，表现生活的质感和生命，又是指写作是诗人们的生活内容，是他们为自己生产消费品的一部分，更是他们实现自我价值的重要途径。

在《1844年经济学—哲学手稿》一书中，马克思首次把人类的本质规定为自由、自觉的生产活动，并明确指出："宗教、家庭、国家、法、道德、科学、艺术，等等，都不过是生产的一种特殊方式，并且受生产的普遍规律的支配。"[4]在此处，马克思在将艺术活动看作一种生产的同时，又将它与政治、法律、宗教、道德等活动一同作为整个社会生产的一种特殊的精神生产形式加以论述。根据马克思对社会历史客观过程的分析，人类生活可分为物质生活与精神生活两大领域。为了满足自身这两种生活的需要，人类必然要从事物质的和精神的生产。同样的道理，诗歌写作其实也是写手们在为自己、扩展而为人类生产精神产品，并在这一生产过程中完成自我价值的实现。

从这套诗集中，我们能够感觉到写作对于诗人的重要性。它对于诗人，是为了释放，为了交流，也是为了提升，为了自我实现。因此，写作成了他们生活的重要内容，是他们向世界发声或讨要生活的工具。

从此，不从地下取水／我的井在天上／不再吃尘埃里的一粒粮食／我的粮仓在云上

——黄土层，《纺云》

像这样的诗歌，以极简约的文字呈现着来自生活的深刻感悟，就是难得的好诗。新世纪诗歌存在着一种重要现象，即大量被往常诗歌所忽视或鄙视的形而下情状堂而皇之地进入诗的殿堂，并被诗人艺术性地再造或再现，是生活化或日常化的一个重要递进。

三

新世纪诗歌的后现代性已为学界所关注。实际上，后现代性早在20世纪"新生代"即"第三代"诗歌那里就明显存在了，且引起了不小的争议。而在新世纪，它似乎表现得更明显和更深入。"后现代主义"的介入，给中国诗歌带来了相当大的冲击，甚至可以说，它深度改变了中国当代诗歌发展的格局。

后现代性感兴趣的是解构。西方后现代主义哲学，即乐意

从不同层面解构传统的逻各斯中心主义，消解以逻各斯为中心的关乎"规律与本质"的意义结构。它的突出特征是解构宏大叙事，消解历史感，具有"不确定的内向性"。而受其影响的新世纪诗歌中的后现代性，则又具有"平面化""零散化""非逻辑性""拼贴与杂糅""反讽与戏拟""语言游戏"等特点[5]。如果细数这些特点的优点的话，则可能"反讽与戏拟"更有较为永恒的诗学价值与审美意义。也正是在这一点上，新世纪诗歌为中国诗歌提供了可贵的新元素。

> 如今我活着 比任何一个死人都坚强 / 像一株无花果 敢于没有和不要 / 我的自在 不再是花开不败 / 而是不开花
>
> ——高伟，《第 1 朵花：无果花》

这首诗有着明显的"后现代主义"色彩：反讽、反仿、反常理等。诗人以一种略带调侃的口吻消解主题的严肃性和目的。这是"后现代主义"反叛"古典主义"和"现代主义"，消解中心、解构意义价值观的体现。不过，剥去这些表象，单从取材角度和情感取向来看，这首诗歌还是较为清晰地表现了诗人对于生命价值乃至人类某种崇高性的思考。

第三辑中的每部诗集，都有可资圈点之处。马安学的《谒宋玉墓祠》：隔着两千多年的距离/踏着深秋的落叶，我去看你；老家梦泉的《北方的雨》：在北方/雨水/是你梦中的情人//深闺的围墙/总是/高高的；赵剑颖的《槐花开》：五月，白色花穗从崖畔/垂挂亿万串甜香，春天已经走了；香奴的《幸福的分步式》：把红酒倒在杯中三分之一处/我总是停不下来//要么斟满，要么一饮而尽/我不喜欢幸福的分步式；于元林的《我们相逢在一朵古老的泪花上》：这个春夜 天空缓缓降下/银河如大街一般 亮着灯光/我们相逢在一朵古老的泪花上/我们要到初醒的蛙鸣里去说话；南道元的《谷雨》：谷雨断霜，掩瓜点豆/持续的降雨不会轻易停止/在南方/春天步入迟暮；钟灵的《晒薯片》：田畴众多。越冬的麦苗上/细长而椭圆的红薯片/宛然青黄不接时，乡亲们饥饿的舌头；袁同飞的《童谣记》：时光那么深，也那么久/遥远的歌声里，仿佛能长出翅膀/长出枯荣。像这样出彩的诗句，诗集中俯拾皆是。这些作品，都凝聚着诗人独具个性的诗性体验。是啊，诗是一种高度个性化的"物种"，只有那些异于常人的观察、发现、体验，才能发出个体的味道。跟"文"（散文、小说等）相比，诗更看重内情的展示，看重结构上的化博为精、化散为聚，看重将"距离"截断之后的突然顿悟。因为"人们要求的是在极短的时间里突然领悟那更高、更富哲学意味、更普遍的某个真理。这可以是诗人感情的果实，也可以是理性的果实。诗没有果实，只有'精美'的外壳（词句、描绘）是一个艺术上的失败。"[6]

"21世纪华语诗丛"第三辑，正是新世纪繁茂的诗歌大树上结出的"感情的果实"。

（作者系岭南师范学院文学与传媒学院院长、教授，广东省中国当代文学学会副会长。）

参考文献：

[1] 吴思敬. 新媒体与当代诗歌创作［J］. 河南社会科学，2004（1）：
    61－64.

［2］韩庆成. 颠覆——中国网络诗歌 20 年论略 ［G］//韩庆成，李世俊. 中国网络诗歌 20 年大系. 悉尼：先驱出版社，2019.

［3］王本朝. 网络诗歌的文学史意义 ［J］. 江汉论坛，2004（5）：106 - 108.

［4］马克思. 1844 年经济学—哲学手稿 ［M］. 北京：人民出版社，1979.

［5］张德明. 新世纪诗歌中的后现代主义文本浅谈 ［J］. 南方文坛，2012（6）：84 - 89.

［6］郑敏. 诗歌与哲学是近邻：结构 - 解构诗论 ［M］. 北京：北京大学出版社，1999.

目　录
CONTENTS

我们的节气（组诗）

1. 立春

春天大病初愈

终于可以下地了

风扶着它虚弱的身子

颤巍巍地推门而入

这个与大家赌气了十个月

离家出走的亲戚

一头扑进我的怀里

那点绿还很稀少

院子里的草地

茶树的枝头

刚刚冒出别样的颜色

燕子昨天才从更南的南方

匆匆回来

泥土是松软的

阳光也是松软的

它像搭在肩头的一块湿毛巾

热乎乎地待上一会儿

草草收场

邻居清晨起来，在地里挖土

他要种上今春的第一棵树

2. 雨水

他们在街头热议

那个从天而降的男人

为什么选择这样的死亡方式

雨水是意乱情迷的季节

他的两个女人

都是好女人

他的两个孩子

都是苦命的好孩子

但他不是一个好男人

他耽误了至少四个人的一生

也许是十年前

甚至更久

他的故事就偷偷开始

谁也无法预测

在这个春雨绵绵的季节

她们和她们的孩子们的去向

但她们到底是来了

一同去送

那个让她们怨恨诅咒之后

又伤心和怀念的人

3. 惊蛰

天上一声惊雷

桃花、杏花和蔷薇就开了

土里的虫豸探头探脑

等待春耕的农具们

都站了起来

等候一个个肩头将它们扛起

走出去

在门背后挂了一个冬天

铁锈都憋出来了

它们的主人好像并不着急

蹲在门槛上抽了两袋叶子烟

黄狗进进出出了好几趟

它的催促

也没有让农人们立即下地

他们在等待第二声惊雷

河水在夜晚

悄悄地上涨了几寸

这种苟且的行为

却没有逃过

撑渡船的俞老汉的法眼

4. 春分

帝王在春分祭日

这是周礼所定的天子日坛

太阳对我们的恩惠实在太多

杀猪宰羊，迎神敬酒

奠玉帛，礼三献，

乐七奏，舞八佾，

施行三跪九拜大礼

在民间

风筝开始在三月的天空翻飞

写上祝福诗

带往天庭

山外的野菜在夜间被带回

这是吉兆的代表

簪花在钗头上开放

这样的日子里要放下农具

将十二个汤圆

用细竹叉扦着，置于田边地坎

黏住麻雀的嘴

农事里，除了紧跟肥水

大忙的日子就要来了

5. 清明

回乡祭祖的队伍

一年比一年长

清明前三日

备好祭品和三千响鞭炮

在家和在外的人

一心想着此事

沿途的庄稼长得老高了

油菜已经黄过

我们穿行于铺天盖地的翠色

在没有道路的泥土里行走

去年踩出来的那条路

已经不知去向

它也许被我们返程的脚步带走了

在一座座坟前停留，燃香

叩头、祈福，坐上一小会儿

天空不一定阴沉

更不需要淫雨纷纷

我们要在天黑前完成这一切

好赶去城里的刷鞋店

清洗掉黏在鞋帮上的泥土

6. 谷雨

谷雨断霜，掩瓜点豆

持续的降雨不会轻易停止

在南方

春天步入迟暮

柳絮飞落，杜鹃夜啼

牡丹吐蕊，樱桃红熟

播种的父亲

听见草间的布谷鸟不停地鸣叫

棉花是一定要种下去的

谁知道来年的冬天

会冷成什么样子

有人在这样的湿气里患病

两支艾灸，一把薏米与茯苓

在田里抠几根黄鳝

去河边钓几条鲫鱼

这是开胃健脾的好时节

鼻塞流涕时，喝水是最好的疗法

父亲腰间挂着的茶壶

此时，一定不会装上酒

7. 立夏

帝王着朱色礼服

配朱色玉佩

率文武百官于京城南郊

迎夏。马匹和车旗都是朱红色的

祭祀先帝祝融

也表达对丰收的祈求和美好

春天又将打马远去

惜春的人备酒食为欢

为春天饯行

尝新的活动盛行于民间

九荤十三素

一定要有咸鸭蛋

清热去火

不亏精气神

去村口的大木秤，秤自己

享受吉利话

祛除一身晦气

北斗指东南，蛙声四起

在路边剥一只王瓜

看蚯蚓爬出地面，呼吸空气

8. 小满

那时候，祖母

还能在屋后的山坡上

采摘到少许的苦菜

这种医学上被称为败酱草

被李时珍称为天香草的菜叶

祖母将它洗净后剁碎

用在面粉里做馅

谁都知道那不是一般的苦

苦中带涩。清热的药效

远远胜过它作为食物的身份

这是一种只能在小满前后

才能找到的草药

天气一天天热起来

还有一些村庄来不及栽秧

雷雨与冰雹延误了他们的劳作

风疹开始出现

甚至在洪水地区逐渐流行

绿豆、冬瓜、黄花菜

祖母总是一个劲儿地

夹往我们的碗中

9. 芒种

它动作缓慢，饮风食露

我曾见过它

在午后的树叶间捕蝉

螳螂，芒种里最常见的昆虫

它不是自不量力的家伙

如果你不注意

它就是一片绿叶

豌豆四处滚落在地

像刚刚学会奔跑的孩子

迎接微风拂面的感召

杨梅即将成熟

卷叶蛾和果蝇蜂拥而至

它们的虫卵布满枯枝

剪枝与杀虫

是这个时候最关键的工作

雨量充沛的川南山区

村人们麦收已过

红苕移栽已近尾声

中稻返青，秧苗嫩绿

田野里一片生机

10. 夏至

江南的梅子黄熟了

黄梅天，热雷雨骤来疾去

一小块一小块的乌云

它打湿的地盘巴掌那么大

潮润的空气

缠绕着各种各样的器物，发霉

岭南的荔枝跑遍了中原

从唐朝开始

一路追逐至今

我小时候每年只能吃上一两颗

我将果核偷偷深埋于土中

但是，它从未发芽

这样的痴心幻想

让我长大以后

坚持在院子里栽种了一棵荔枝树

我请来农科院的同学

它终于成功了，有一丈多高

在还未挂果的一个夏至

它却被一阵下午的狂风刮断了

一个人的愿望，是多么难以实现

11. 小暑

蟋蟀总在我看不见的地方

歌唱。远远近近

夜晚的风，先热后凉

月光在水面为我们照亮

蔬菜要在此时栽种

父辈们趁着夜色

锄头的起落和碰撞土地的声音

可以传出老远

谁都不说话，嘴角叼着的烟

在晚风里忽明忽暗

他们的话在白天里都说完了

早起喝粥，有荷叶和扁豆

小暑前夕六月六

祖母翻箱倒柜找出衣物

置于阳光下暴晒

去潮，去湿，防霉，防蛀

祖父在里屋盘腿静气

养心。每当此时

他进食清淡，饮茶戒酒

似乎每晚总要嚼一截莲藕

12. 大暑

她没有敲门

径直走进我的客厅

她一直在流泪

但没有哭声

我给她倒了一杯冰红茶

这是她平素最爱喝的

但她碰都没碰一下

只忙着流泪

我不知道

她怎么会有那么多的泪水

二十年前

她的丈夫在南联盟的

一次轰炸中重伤

一个半月后不幸丧生

那天是大暑

这么多年过去了

她的孩子早已长大

但她却被困在了过去

我们这一帮朋友，想方设法

也未能将她解救出来

13. 立秋

暑去凉来，梧桐树

在一场微雨中落叶纷纷

祖母听见远处的雷声

摇摇头。雷打秋，冬半收

这是民间的农谚

农作物将在冬天里欠收

她跟着我们在城里这么多年

心里却一直挂念着

她出生的那片土地

暑气在正午左右依然旺盛

邻居的少年

早晨上学时还是短衣短裤

池塘里的水像一汪深潭

仿佛要将低矮的天空藏起来

那只经常从碧玉溪的

某个树洞里飞来的翠鸟

似乎也有一段时间没有见到了

祖母在院中的瓜架下

翻看她亲自种下的丝瓜

哪一只可以割下来了

14. 处暑

酷暑收拾行装

一周之后，准备打道回府

祖母在室内整理

薄衣服，将它们重新折叠好

放进衣柜的最里层

今年，它们的使命就算完成了

来年还需要继续

中元节到了

每年的这个晚上

河灯漂浮在沱江的水面

一盏盏焰头

好像从水中长出的眼睛

盯着暗蓝的夜空

在风中，这些闪烁的手指

指向我们内心怀念的某个人

有妇人在轻声地抽泣

她的身边蹲着一个安慰她的影子

在回家的路上

祖母告诉我们不要嬉闹

即使说话，也要小声

15. 白露

一颗颗露水挂在草叶的叶尖

它们没有滴落是为了

打湿我们的裤脚

我和祖母的背篼里

是今年剩下的十多斤春笋

我们要渡过沱江

去对岸的安溪镇送给小姨

青岗岭的早晨雾气蒸腾

大姐夫的房子看不见了

二姐夫的烟囱

和铁青色的土楞瓦时隐时现

大雾弥漫了整个田野和江面

那些平时的道路

全都消失。我们迈步很小心

好像脚下的路是被我们踢开的

渡江的村人，三三两两站在水边

打着招呼和哈欠

一团黑乎乎的东西从雾里钻出来

船家猫着腰，努力地看向我们

生怕稍不注意，一竿子戳到了谁

16. 秋分

秋分秋分，昼夜平分

这是祖母生前

留给我印象最深的一句话

在我很小的时候

她教会我

在晴朗的夜晚如何看天象

那时候的银河清晰可辨

北极星与北斗星

如何在各个时令旋转

她脑子里的农谚

多得数不胜数

这个大字不识一个的乡下人

却知道如何待人接物

如何与人为善

容忍与退却

悲伤的事情要藏在心里

不能露于表情

祖父过世的那个晚上

她只是流泪，坚持不哭

她这么做，我想是为了家族

17. 寒露

北斗的斗柄指向西北

寒冷的骑士

提醒我们进攻的日子不会太远

大举南迁的大雁

一列列从青杠岭的上空飞过

早霜攀附着几朵黄菊

这是院子里唯一的花朵

白云红叶，蝉噤荷残

古书上的悲秋

回到了眼前

农人们在晚稻的田间抽穗、灌浆

插科打诨的词语

在他们之间来回碰撞

北方的亲戚收获了玉米

电话里，他们的喜气

不亚于一个乞丐当上了皇帝

这是祖母的比喻

大批的果树都要在此时施肥

偶尔有一阵冷空气南下

这不过是一次吓唬的行为

18. 霜降

霜降款款莅临

秋天正式谢幕

它乘坐的马车向南驶去

这是四匹白马的马车

辚辚的车声灌满金属的质地

携带清冷之气的风

从建筑物的各个角落钻出来

去年的毛衣短了一截

这是母亲的疏忽所致

少年像节节拔高的楠竹

他的个子即将超过院中的茶树

叫卖柿子的小贩

经过后门。祖母跟出去

象征性地买上几个

御寒保暖是次要的

关键是补筋骨

我们东躲西藏，不愿意吃

祖母的奖励是五分钱

而惩罚是，在接下来的夜晚

我们听不到她讲的《三国演义》

19. 立冬

在乡下，立冬这天是要休息的

母亲去镇上提回半斤面

祖母吩咐我

从地里砍一窝白菜

或几根大葱

素菜馅是常有的事

临近晌午，包饺子的队伍越来越多

坡上坎下的，熟人熟事

说是凑热闹，其实是蹭饭的

有人从地窖里起两斤白酒

大碗小碗，摆了两三桌

大家忘了四周的寒冷

忘了树上掉下的片片枯叶

还有谁家的孩子

因为没有参与进来而大声地哭喊

某些地方还是深秋

还有人在地里收获最后的庄稼

某些地方已经下了雪

在目所能及的山顶

那一点白啊，令人晃眼

20. 小雪

天黑尽了

妻子推门进家

第一件事

就是去看看心爱的发财树

是否还活着

有人郑重其事地告诉她

如果一棵发财树

能挺过小雪

这诡异的一天

你的来年

必将运势良好、财星大旺

许多年过去了

发财树依然长势茂盛

但妻子的财星

仿佛迷失了方向

对此,我一直不明白

二十四节气,为何单单小雪诡异

一个研究易学的人告诉我

这一天,北斗星西沉

它的任务交给了仙后座

21. 大雪

这是一场寂静的战争

结束了。万物败给了大雪

一夜之间,一层又一层的白

统治了人间。我们心甘情愿

没有谁还愿意待在家中

错过这被蒙蔽的机会

七八只麻雀缩着脖子

像挂在电线上某种表达

这一家子天不亮就起床了

在往常，叽叽喳喳的叫声

早就像风铃一样传遍了整个院子

孩子们是最高兴的

他们从不掩饰内心的尖叫

他们中有人早已忘记

昨晚因成绩问题

而被父母狠狠地教训了一顿

谁都不会去赶走雪

去拯救被掩埋的灌木和草地

有人在家门口清扫出一条小径

为的是告诫自己，别忘了回家

22. 冬至

冬至一阳生，大如年

小时候，每年的这一天

祖父都要念叨几遍

在他眼中，冬至至关重要

六十四卦中的地雷复卦

他认为，是唯一的勤劳卦

厚积薄发，顺势而为

谁的一生中，不会干几件蠢事

能不能跟命运较量几个回合

此卦体现了东山再起

祭祖是必不可少的

腊肉和酒是必不可少的

天地君亲师

祖先的画像或牌位

都是祖父亲自悬挂或摆放

这一天，家中的每个人

看上去都有一张严肃的脸

不像若干年后，我的孩子们

跟大多数孩子一样

每逢冬至，嚷着要吃羊肉

23. 小寒

一年之中，最冷的时候到来了

村庄像一块被人遗弃的铁

一张冷得僵直的脸

谁都缩在家中，跟炭火盆为伴

祖父已经不在了

祖母躺在床上

正在争取熬过这个冬天

我们还在长大的过程中

但我们已经不需要祖母讲故事了

她胸中的《三国演义》《说岳传》

早已不能吸引我们

团结在她的周围

这样的季节里，有书在手

我就不会觉得无聊和孤单

田野空得像一个饥饿的肚子

连黄狗和麻雀都踪迹全无

风从门洞里漏进来

又钻出去。这个冬天里

最自由的家伙，它吸干了屋檐下的

几块腊肉暗藏的水分

24. 大寒

这时候除了寒冷

这个世界就没有什么了

这时候除了怀念

也没有什么可做的了

对于一个从不饮酒的人

需要一杯茶帮助他进入过去

巨大的寒冷就是一顶锅盖

不声不响地扣在我们的头上

在一些新近诞生的文字里

找到熟悉的面孔

在这些熟悉的面孔中

找到曾经记恨的那张脸

给予宽恕、谅解和充分的自责

昆虫停止了歌唱

躲在泥土和草根的缝隙中

静待来年的温暖

一年的光阴就这样溜走了

我们什么都没能留住

眼睁睁地看着那一双狡黠的手

将我们献给了不远的苍老

除了时光还有什么（组诗）

1. 永恒的暮色

在水星上行走
如果保持一定的速度
就可以看见永恒的暮色
并永远安于其中
这是多么美妙的一件事
从古至今、从小到大
暮色都令我们安宁
令我们思考的一些问题
暂时与俗世无关
不问苍生，也不问鬼神
昼与夜交接的一瞬间
光与黑暗共存
这不共戴天的一对兄弟
从此达成永远的和解
这种因和解而导致的美丽
足以让我们放弃
我们自以为是的重要之物
放弃努力与竞争
和平庸的此生

2. 裂缝

墙壁上

什么时候诞生了

一条裂缝

昨天似乎都没有出现

今天的什么时候

因为什么原因

留下的

一条裂缝

它为什么选中我的房间

作为栖息地

像一根打不直腰的绳子

一个打不直腰的农夫

躺在墙面，呻吟

它从何而来

仿佛经过了很远的路程

才赶上

与我的见面

它看上去如此劳累

如此萎靡不振

像我幼年的邻居

经常在家门口蜷缩着身子

喊肚子痛

3. 城里的石头

石头的长寿

在于它永不成长

我说的是它的年龄

而不是指

它看待世间的成熟与世故

一块石头安静地

蹲在路边

时间长得让你和你的孩子

以及孩子的孩子

都忽视了它

它却始终认得你们

你们每天从它身边经过

它有时会咳嗽一声

有时会扔一粒小石子

这种打招呼的方式

你们从未注意

没有一块城里的石头

不是来自乡下或深山

但是，也没有一块石头

在城里不会受伤

当然也不会因为受伤

而回到故乡

4. 夏天来了

正午，一阵蝉鸣

从东南方的树林里传来

目光所及之处

被骄阳的部队所占领

夏天总算是来了

比去年迟到了一个多月

这个懒懒散散的家伙

一定是躲在南方的某个城市

赖着不走。有什么好留念的呢？

遮天蔽日的阴雨天

一直悬在我们的头顶

时不时砸几下我们的疑虑

我步入中年的骨头

开始呈现苔藓与霉斑的迹象

每年，我盼望夏天

又讨厌酷暑对出门的阻碍

以及蚊子对皮肤的侵袭

这种矛盾的心情

就像生活这个老奸巨猾的垂钓者

对待我们的态度

5. 我打碎了一只碗

今天中午，我打碎了一只碗

洗碗的时候，它从我的手中滑落
这说明我当时心不在焉
同时也说明，我近来的运势欠佳
所幸自己并未受伤
他们说，如果见血，有大凶
我没有流血。但一只碗在我手中
失去了生命。如果换成了其他人
它今天可能就会躲过一劫
我认为我是一个有罪的人
我甘愿承受，接下来的大凶

6. 铜器

我要住进铜器里去
这是我在每一个夜晚
向生活转身的呼喊

铜器，历史中
穿越千年的记录者
它把最羞愧的部分告诉了我

无论它成为鼎
这国之重器，还是
医林中悬壶济世的铜葫芦

铜器压着我的脊背

压着我艰难举笔的右手

我不能轻易记下眼中的现实

来自土地深处的海

以锈蚀的方式

拒绝阳光、雨水和空气的邀请

我要住到铜器里去

让金属的光泽和气息掩埋

我固执于命运之路的足

7. 简化世界

路是平直的

到处都是剪刀

留下的痕迹

空间逐渐不再斑驳

繁复，和细密

时间的身影

已很难随处可见

夜晚，星空远遁而去

灰色是主要的统治者

墙、玻璃、容器

一切都要修饰

矩阵是唯一的整齐

在一片鱼塘里

养殖、打捞

终有一天会长出短尾

把自然打造为城市

让脚掌接触水泥

而不是湿润的泥土和草叶

再简单一点吧

把嘴巴解放出来

仅仅用于争论和指责

老君山（组诗）

1. 老君山

三千级台阶

接近垂直的坡度

大部分香客

望而却步

有人高声埋怨

为何没有一条车道

直通山顶求财处

我们气喘吁吁

两腿颤抖，走走停停

终于，摇晃在

道观的门口

点蜡，燃香，作揖

叩头。得小憩一会儿

选一块青石

背靠壮树

有清瘦的道人经过

一身蓝衣青布

仿佛飘过云端

我前往询问

如此香火冷落

为何不修直达公路

道人驻足

双手相拱，轻言

此为太清道德天尊祖师

修行之处

道祖一生好静

不喜无缘之人

常来光顾

2. 人间沙漏

在老君山

又一场雨将我留住

下午的微光

从后背穿过前胸

这是否表明

我还有一些疑惑

尚未吃透

山色空蒙，飘忽

善于解惑的老君山

总是以这种方式

留下，喜欢胡思乱想的

香客和居士

道人沏茶，在树下

一件草屋的门口

远远望着我，面色红润

那是启示之前的

另一种暗示

我上前，躬身作揖

为其倾茶，边言：

世间之人，富者穷者

如何看待其所为

道人长久不语

捻须微笑，以食指

蘸茶水于桌面

画上一卦，回言：

穷者将就，富者讲究

此乃人间沙漏

3. 山中之夜

天色向晚，风

从林中滑落

这失足的一跌

正好撞上外出的我们

我们同时听见

彼此轻声喊出的疼痛

这短促的一声

让我们相互结识

雨停了

但还没有离开

绝大多数挂在树枝上

松鼠在黑暗中

弄出的响动

是在饮水，还是在搬运

秋天落下的松果

老君山的夜晚

并不宁静

许多细微的生命

悄然地忙碌

令我心动

以为写上一两首好诗

就可以敷衍

这山中的万物

道人们早已入院

各自站桩、打坐、阅书

吐故纳新、面壁怀古

4. 今日下山

现在

轮到我们下山

太上老君

姑且暂时作别

来年，我还将继续

山中一日，世间十年

昨夜的入眠

我梦见你立于眼前

手牵青牛，鹤发童颜

你向我伸出另一只

发光的手，道

你只说一字，倏忽消失

山中的阳光不多

落在我肩上的

与城里的骄阳迥然相异

零星的上山人

喘着粗气

与我们的昨日相似

负重而来

也会轻松而去

太多的东西被我放下了

丢在山里

所谓的贵重与不舍

原来，只是一团

越聚越厚的积雨云

怪不得

昨夜那么大的风雨

今日，腿肚酸痛

三千级石阶啊

让我们，不仅仅

锻炼了身体

读酒记

第一章

1

三千年前，撒玛利的海边
一颗葡萄落入水中
盲眼的巫师跌入地窖
呼救无果。神在暗处引领她
气定神闲，潜心于一种新的食物
无法核实这段真实的历史
但数百年之后，传遍全球

2

在华夏，你的父亲高居树梢
母亲还在水中
大地深处走出的一粒粒粮食
成为你延续至今的基因
远古的神农氏终年穿行于山涧
他的随从发现鲜花的秘密
这种传说令人心动

3

鲧和大禹居于阳翟

洪水滔滔，年年从昆仑山奔泻而下
草木繁茂、花果丰硕的平原
秋天的农产物堆积如山
此时，谷类终于诞生
你的姓氏从此有了新的命名
天空之下，明香醇厚

4

煮熟的谷物被弃于野外
阳光明媚，风与湿气交替滋养
无人看管的星空下
父亲与母亲逐渐苏醒、交合
郁积成味，久蓄气芳
有人从此经过
你从一个弃婴成为朝堂之尊

5

周朝的作坊初具规模
盛装的陶器与青铜比比皆是
樽、壶、皿、斛、觥、瓮、瓴
饮酒的觚、爵、杯
温酒时，配以杓
你作为其中的舞者与剑客
阅尽人间无数

第二章

1

精于细作的民族

将你从食物打造为文化的一隅

你穿行于文人墨客之中

助兴或解忧

这是一种重要的工具甚至武器

你深谙其中的道理

尽心尽职,沉默无语

2

猿猴在山中跳跃攀缘,采集野果

藏于岩洞与石洼的缝隙

苔藓的湿润赋予夏天以凉意

被砍柴人偶然发现的液体

香气溢发,闻数百步

无人知晓的酵母菌遍布山野

这是遭遇糖分的结果

3

梁王魏婴觞诸侯于苑台

鲁君告知,帝女仪狄制酒之说

这最早的诱惑和禁酒的劝谏

魏王的啧啧之声

犹在耳旁。因你而亡国的史例汗牛充栋

平原君强人与酒

殷商造之，耗糜粮食，自掘坟墓

4

杜康夜行森林，一棵树挡住去路

中空的树干利于藏匿收获

两年之后，有野猪醉卧树旁

将树中的液体置于罐内

献于黄帝。这样的传说流传民间

你的生世拥有诸多版本

这不重要，一旦出生，下自成行

5

黄帝在九月的洛水边不耻下问

岐伯献上醴酪

那是一种动物的乳汁

如今已无从考证

东晋的竹林中出入一位名士

刘伶醉酒逢杜康

三年后，揭开棺木，芳香四溢

第三章

1

楚国势盛，宣王令诸侯备酒觐见
鲁恭公因病晚到，薄酒几许
宣王大怒，指桑骂槐，当众羞辱
恭公拂袖而去
帘外的听差密报魏惠王
天赐良机，魏军迅疾包围邯郸
赵国遭受牵连，却不知为何

2

岐山的奴隶盗走秦穆公的爱驹
杀而食之。穆公大人大度
赐酒于奴隶。奴隶深为感动
后来，穆公在韩城被晋军团团围困
危机之时，奴隶的队伍杀到
舍命相救，以报君恩
大雨滂沱数日，天空一弯彩虹

3

以德治国的贤君首推楚庄王
不鸣则已，一鸣惊人
宴请群臣之际，酒酣耳热

殿外一阵狂风吹灭所有的蜡烛
王后遭人轻薄，扯下对方的帽缨
楚庄王壮志未酬，不动杀机
"绝缨之事"流传千古

4

齐威王嗜酒如命，常常彻夜畅饮
大臣劝谏无果，纷纷摇头
淳于髡高论饮酒之精辟
令威王汗颜，令后世大加赞颂
自此，淳于髡被任命为宾礼官
一个人的酒量取决于缘分的厚薄
所谓酒胆，不过是一种额外的借口

5

勾践败于夫差，卧薪尝胆
复国大略的计划，以烈酒奖励生育
生男子，赏两壶酒，一犬
生女子，赏两壶酒，一猪
待出师雪耻，三军远行之日
勾践投之于上流，令军士迎流痛饮
旺盛的斗志源于酒中涵盖的万物

第四章

1

然后你来到民间，混迹于酒肆

荆轲嗜酒，常与高渐离饮于燕市

高渐离击筑，荆轲和歌

放浪形骸，借你消去心中的块垒

屈原高唱九歌

你在秋天的献礼上舞蹈

在空寂的长巷里，陪壮士一醉方休

2

最初的隆重

莫过于祭祀上天与祖先

你是仪式过程中必不可少的祭品

国之大事，在祀在戎

烦琐的礼节彰显敬畏与哀思

拜、祭、啐、卒爵

礼节在先，宾主长幼排列有序

3

习俗推进文明，文化风行尘世

民间的节日处处有你的贡献

春节饮屠苏，上元供五畜

春社祭大地，端午举菖蒲

中秋赏月品酒，重阳登高看菊

新婚之人交杯，新生百日相贺

你穿梭于席间，感叹人间的悲欢离合

4

江山与江湖，日升与月落

数千年来你行走于风雨之中

刀光剑影，酗酒误国

在肱股之臣被赐鸩酒之时

你的哀伤与悲痛，谁人可知

在边塞那一个个大雪肆虐的黑夜

你陪伴一位牧羊人怀念故国

5

你在马背上晃荡了多年

大漠孤烟。你隐身于无数首诗歌

你在檐下听雨，听一个词人的抽泣

月影中的李白嗟叹月下独酌

其实他忘了你的宽慰

忘了你自始至终端坐于石几之上

那夜的风，吹散的不仅仅是愁

第五章

1

你不得不渗透于这个民族的
文明之中
博大精深的河洛文化
将周公颁布的禁酒《酒诰》
与周礼交相辉映。这样的相得益彰
利于政权的稳固
更利于民众掌握饮酒的火候

2

魏晋之初，民间自由酿酒
酒市与酒税风起云涌
在你的帮助下，名士代代风流
感怀人生，忧思时政，喟叹历史
曲水流觞不再是一种娱乐
三月巳日，文人墨客诗酒唱酬
这一儒风雅俗，还可以免灾祈福

3

鱼洞河一路向东，多险滩急流
赤水之母绵延五百余里
大多藏于群山之中而无亵污

明万历十三年，泸州舒氏

举家在龙泉井建泥窖

浓香鼻祖由此诞生

而远在古江阳，技艺早已娴熟

4

酒以陈者为上，明清伊始

你逐渐进入养生的书写

地气与陶器的碰撞

你在黑暗与静默中享受成长的升腾

你永不衰老，日久而弥新

在浩如烟海的本草之中

你是唯一被创造的不可替代之药

5

数千年了，苍茫的大地上众生不灭

沧桑的历史风起云涌

你记载了这个民族的精神演变

你早已不是你，你代表着自由的追求

忘却功名利禄、生死荣辱

人类的思维与行为方式

因你而起伏，因你而从不止步

祖　先

第一章

打开这些古老的符号

祖先，我们来了

今夜的星空光芒万丈

北极与北斗，还有它们的部队

是一如既往的守护者

我听见它们的谈话

几千年以来，众口铄金

将文字从水里打捞上岸

天晴的日子，将它们晒干

摔打它们以便倾听内心

如同秋天过后山上的树枝

燃烧时噼啪作响

一些底层的部分将成为木炭

成为下一颗火焰的种子

然后从土里挖出陶器

瓷、青铜的图案

即使不小心打碎，也可以辨认

它们最初的表达

兽在其间，鸟也在其间
奔跑和飞翔是永恒的圭臬
我们的双腿，似乎早已丧失

坐在被书籍包围的房中
我们沉入海底
如同沉入自虐的黑夜
一册册永不腐烂的竹简
可以跳动数千年
一种思想可以被我们反复使用
如今的我们，多么幸运

更多的时候我们走在岸边
走在马尾松坚守的悬崖
这是祖先曾经居住的地方
他们在崖壁上上下下
崖底的河流在春天里溯流而上
那里有许多鱼和食物
也让他们获得了捕猎的快乐

第二章

土拨鼠在高原的石头上
翘首而望。丹巴的莫斯卡村
我们待在一起
共同怀念第一个祖先

曾经是否因为误打误撞
它们是祖先的第一批朋友
而今，也是我们难得的友人

有一块残缺的汉砖被我收藏
它身上的剑气与血迹
怎么也抹不掉
一场可能的战争留下的伤痕
它会在子夜里悄悄走动
为了不让我忘记
有时候，它会直接走进梦中的草屋

现在已没有多少人愿意
坐在一棵树下陪伴一小块草地
这是一棵自古以来就长在这里
的植物，以及从未被打磨过的草地
这是真正的树和草地
这里是它们自始至终的故乡
它们的祖先从前就扎根在这片泥土里

当粮食在九月里收割
有人想起了酒。这是一种好东西
为了劳动和歌颂劳动
这种纯净的液体被隆重地捧出
粮食与水的结合

还有温度与菌类的参与
它带来了人类文明的另一种文化

帝王远在山南
甘心被华丽的石头困于城中
他一心沉迷于篡改祖先的笔迹
历史无动于衷。无论谁怎样记录
我们始终相信的
是良心受伤之后的血书
以及一代又一代脊梁的风骨

第三章

远去的祖先一直守着我们
如同我们
一直守着，即便土地已变得贫瘠
它似乎长不出什么作物了
除了荒芜，与懒惰
它的地气在地壳里穿梭
地运如天体，总有轮回的时候

明末，大西王屠城三十日
天昏地暗，成都平原一片荒凉
远在荆楚大地的祖先
从麻城出发，沿长江溯流而上
途中遇土匪劫船

失踪男丁十五人，女眷八人
几经周折，两月后进入沱江的浅滩

这是一处高坡，水流减缓
崖壁上刻有汉代攀岩者的字迹
祖先们在此停留七日
四散而去，勘察山形地貌
在青龙抬头的凹口择地而居
龙、穴、砂、水、向
奇门吊线，罗经下盘，构建祖屋

那时候，兵荒马乱的岁月尚未结束
朝廷早已腐朽，军队溃散
邻村的人家南迁北往，所剩无几
祖先们依靠青杠岭的柏树林
在夜间加紧建造，在白昼里藏匿
无数的盐船从他们的视野中消失
江面上杀声震天，尸横遍野

一座村落的诞生哪有那么容易
被发现或揭穿是迟早的事
叛军与土匪轮番前来
杨家村多次被毁，但从未消失
既然抵抗是徒劳的
那就敌进我退，敌退了，我恢复

这样的方式终于令对方失去了耐心

第四章

胜利的取得总会伴随牺牲
村子终于建成。多灾多难的祖先们
在冬天过后所剩无几
堂屋当作祠堂，列祖列宗在上
捕获一只山鸡和野兔
开一坛高粱酒，祭祀的仪式
依然庄严、隆重

低空飞过一群喜鹊
这是吉祥的征兆
喜鹊大多形单影只，难以成群
开垦的祖先们停下手中的劳作
江边的滩涂上站着一个人影
他向山坡上眺望
一个迷路的盐商带来了命运的转机

另一个朝代平定了天下
我的祖父放下铁锹
成为盐帮在沱江上的押运人
他的水性与记忆令人称奇
从安溪至贡井百余里
何处有暗礁，何处藏漩涡

即使在黑夜行船，他都了然于胸

父亲兄妹八人，上有七个姐姐
他记得剿匪那年的玉米地
姐姐们背着他东躲西藏
一个死于子弹，另一个伤于标枪
他是家族里第一个读书人
三十里的山路不是他一个人走
一个人的成功，往往需要一个家庭的牺牲

我没有出生在沱江边
第一次回乡，已是十六岁
住上一晚就匆匆而去
那时候祠堂被拆，父亲在屋前的
玉米地旁偷偷烧香
我问他在跟谁轻言细语地说话
他严肃地说，那是你的祖先

解　放

1

天空低下它高傲的头
大地，以隆起的丘陵与山峦
表达它的宽容

2

把家庭看得如此之重的
当属蜗牛，它总是让我想起
我那慢吞吞的邻居
一位孜孜不倦的中年男人

3

深夜的房间充斥着各种声响
那是寂静弄出来的声响
你点亮所有的灯光
都找不到声音的来源

4

我一直怀疑自己
是否多次光临这个世界
一些我从未去过的地方

从未见过的面孔
现在看上去，是多么的熟悉

5

荒草总是无处不在
比如眼前这一片
在如此繁华的商业广场的一隅
它兀自光鲜、靓丽

6

鱼在夏天的傍晚迎接雨
它浮出水面
它已经看见了即将发生的事情
而我们浑然不知

7

我想住在一片树叶里
在半空中睡眠
将一生缩短到一年四季
然后在一个不太确定的下午
被路过的一阵风
顺手带走

8

如果一个人的一生

颗粒无收

他是否还有必要

给后来者留下一点自己的历史

9

生活不会忘了关照我们

如何吃喝拉撒

却忘了时时提醒我们

不要轻易关闭良知之门

10

我相信解放的行动应该随时发生

否则，囚得过久了

也懒得翻身去举行暴动了

11

为什么我总是担心人群中

会走出几个斜眼的人

为什么我总是希望人群中

能走出几个斜眼的人

12

一棵树经过我时停了一下

我知道它想打个招呼

它一定是看见了它曾经的样子

但是，我被阳光设置的阴影

让它立刻放弃了这个念头

13

要挖出一个真理实在太难

三千年的不休不止

也没有几个拿得出手

这比出土那些古玩

真是难多了

14

我不该靠在树下睡着了

不该在风中做着落雨的梦

我不该蹲在路边看一群蚂蚁搬家

不该把身上仅剩的几枚硬币

交给向我伸手的假乞丐

15

别老是追问命运将对你如何如何

我看你对命运也不咋地

16

雨不会在我们想念它的时候落下来

当它落下来的时候

我们才发现真是太想念它了

17

母亲的房间从前装满了各种衣物
现在腾出来放药和保健品
母亲让它们包围着自己
这让她放心。但她并不知道
它们能给她的寿元
带来多大的帮助

18

徐老师说她总爱梦见鬼魂
我说这很好
你的祖先那么关心你
你一定要教出几个好学生

19

朋友们说姚雨林从来不发脾气
几十年来没见过他垮下脸的样子
姚雨林天生就缺乏个性
可是有一次，我看见他偷偷地
一边抽烟，一边抽泣

20

灰烬是死亡的残留物
是火光跑过来跳舞之后

留给我们的礼物。不要小瞧灰烬
有一天我们留给世上的
恐怕还没这么多

21

我听见琴声落在水面的声音
快速而急促
好像要急着去拯救
一个孤独得快要停止呼吸的人

22

当一棵树突然站在你的面前
挡住你的去路。你应该想想
是不是小时候
你做过什么承诺
比如在树上独自攀爬
独自哭泣的时候

23

有时候你想推开人群与时光
去一条不确定的山路
寻找另一个自己
虽然你已经不确定在何处
是否还有另一个自己

24

从我身边经过的那个男人
携带了一股底层生活的气息
这股强烈的气息
几乎把我从现实的一面
推向了现实的另一面

25

那边站着议论纷纷的人群
好像他们昨夜根本未曾睡觉
大清早，一条来历不明的流浪犬
被撞在路边，奄奄一息。
大家交头接耳，商议如何报警

26

在城里，没有谁能够擅自将一块
泥土带回家。小区里的土是小区的
绿化带的土是园林局的
为了种一盆属于自己的植物
你得驱车八公里
去郊外的花卉市场购买

27

如果有风吹过来

愿意在你的脸上停一会儿
这说明你是一个受欢迎的人
因为风是很挑剔的侠客
它一生都在跑来跑去
很难有停留的片刻

28

午休的人睡过了头
没醒来。他在梦中跑得太远
我们前去撵他
也追不回来

29

近日，我看了几部黑手党的影片
觉得身边，似乎到处都是黑帮
他们平时里与我喝茶饮酒
伪装得像彬彬有礼的政客
当黑夜降临，也许会有人从某个角落里
蹿出来，捅我一刀

30

当一棵巨木不幸地成为树桩
成为湖边垂钓者的栖息处
它是否应该安静下来
像我被锯掉的一些思想

我失去它们是为了更好地思考

31

孔雀在笼子里来回走动
它瞧见笼子外的我们
张开了羽毛。我们忙着喝酒
猜拳。谁也没有去注意
这身边的美丽

32

院子里，有人在夜色中
呼喊另一个人的名字
有人答应着跑出来
几十年了，我们从未听说过这里
有这么一个人

33

路边有两个下棋的人
动起了手，嘴里相互谩骂
一盘棋可以控制两个人
而生活，控制了所有的我们

34

大雨让室外的空气清新了些
却让道路肮脏了许多

我们走在肮脏的道路上
鼻孔里呼吸着清新的空气

35

在手的帮助下我们学会了劳动
我们给予手许多溢美之词
但揭开真相的盖子
往往不是经常使用的那只手

36

燃烧中的艾灸将大部分熏烟
送给了我。它将我体内的湿气
一点一点逼出来
这些陈年的湿气是何时住进去的？

37

他第三次攥住我的手
不愿意我从病床旁离开
他怕我的离开会令他的魂魄
被祖先带走

38

阶上的青苔是雨季种下的
它在今晨让我滑倒
滑倒的我躺在柔软湿润的地面

久久不想起身

39

被文字打扰是一种幸福
如果有一天它们不再上门
说明你的思想啊，该去投胎了

40

在岁月中等待一根木头开裂
是为了在裂缝中掏出
岁月可能留下的一点点恩惠

41

用一首短诗
去剥开胸中的一片阴影
其实那里原本藏有
托起良知的勇气

42

从秋天里走出来
沐浴更衣。然后重新进入秋天
实实在在地生一场大病

43

我喜欢身边生长着安静的事物

它们无声无息地待在时光中
完整地度过狭窄的一生

44

作一个合格的诗人
就是在文字里栽种的土豆
不能有任何的化学物品
它们的肥料必须全部来自
好人的排泄物
就像一个合格的农夫具备的那样

45

在适当的时候哭一场
这种仪式可以治疗后背的弹孔
它不一定有效，但会令你看上去
好了很多

46

一只拖鞋坏了
该如何处置另外一只
一只袜子
被我穿破了一个洞
该如何处置另外一只

47

牵着我的手陪我长大的人

已经离世。护佑我童年与少年的
那个院子，也已离世
大片的荒草，同时陪着他与它

48

我那独居的邻居，他的行为
轻得如一片移动的影子
佝偻得像一片被晒弯了的黄叶

49

我的来生必将居住在海边
那里不缺水
那里的日出最为干净

50

人活一辈子
身体里总会多出一些东西
这些多余的材料
是我们争过来折磨自己的

邻　居

1

四岁那年的夏天
我搬进了这个狭长的院子
和父亲母亲，还有外婆
在此之前，我们居住在靠近
一条大河的旁边
那是一幢终日不见阳光的
阁楼。阁楼是木质结构
松动的木楼梯
缝隙四处的木地板
即使你轻手轻脚地走在上面
也免不了吱嘎作响
因此，阁楼里的响动
一年四季都不曾停息
有时候，河岸的疾风掀翻几片瓦
就会有阳光趁机掉进来
阁楼的空气里漂浮的尘埃
一块块规则不一的光斑
是适合想象的另一种美丽
阁楼的墙壁、木门漏洞百出
大大小小的耗子

旁若无人地钻进钻出

我们经常发现

吃剩的饭菜放在桌子上

或碗柜里，第二天一早

就会缺斤少两

但是，无论我们怎样防范

这些精明的家伙

都有对付我们的方法

我在这里出生

可惜不在这里长大

否则，我可能会像它们一样

拥有一颗精明的头脑

外婆曾经说过

环境会影响一个人的风水

2

院子由三面山墙

和一幢两层楼房围砌而成

楼房刚刚建成，空气中

弥漫着石灰和水泥的气味

但是大家已经迫不及待

开始搬家。我啃着一个馒头

面无表情地注视着

忙忙碌碌的人们

我这样远远地站在一边

这样的年龄

还不能理解他们脸上的喜悦

更不会想到，我将在这里

度过十六年难忘的光阴

四周草木繁茂，燠热的空气

像来不及揭开的一口锅盖

知了的声音无处不在

一只绿色的蚱蜢，从我脚面跳过

我当然熟悉此类昆虫

我扔掉手中剩下的馒头

追上去，但我太小了

学会奔跑的时间还不长

它很快消失在干燥的草丛中

我转身，看见一只黄狗

迅疾叼走了我的馒头

我一无所获，一屁股坐在地上

哇哇大哭，希望引起

大人们的注意

父亲走过来，爽快地

送给我一巴掌，让我明白

遭遇挫折不可轻易求救

当然，这是许多年后

才能明白的道理

院子里住有十户人家

楼上楼下各五家

基本上是父亲一个单位的同事

院子的正中央

有两口池塘，池塘底部有一条

通道相连。在一次大清洗

之后的晾晒过程中

我曾在一个安静的午后

偷偷翻越水泥栏杆

躲在通道里睡了一个下午

风在里面穿来穿去

多么凉爽，多么令一个少年愉悦

我没有告诉任何人

这是一次危险的经历

可是，谁在成长的过程中

不会遭遇一两次

所谓的惊心动魄呢？

池中堆起了假山

还种上了一棵不大的黄葛树

我一度对它们着迷

我幻想有鱼群

藏匿于假山之中

有鸟雀在黄葛树上筑巢

池塘里的鲫鱼不少
后来有人往里扔进了乌龟
和蝌蚪。在以后的夏夜里
院子里传来蛙鸣
大人们都很讨厌这种聒噪
但我却暗暗欣喜

4

住在楼下的人家
门口有一片不大的土地
用篾条围成栅栏
可以栽种少许的蔬菜或瓜果
其中，丝瓜、苦瓜和葡萄
最为常见。还有嫩绿的小葱
外婆独出心裁
在一个秋天收获了一只
重达二十多斤的冬瓜
这让邻居们惊叹不已
也让我在小伙伴们
羡慕的目光中骄傲了好一阵
父亲在院子里支起一张长桌
手提菜刀，尽量均匀地
将冬瓜切分成十份
这是搞好邻里关系的意外机会
大家都表示感激

对品尝过后的味道

一致竖起大拇指。最初的几年

邻居们常常相互走动

送这送那，气氛融洽、和谐

那时候的父母们都还年轻

事业上的机遇尚未降临

利益冲突还没有侵蚀

这群来自天南地北的外地人

后来他们陆续离开

死亡。直到这里成为荒芜之地

5

东边的底楼住着一对老人

杨素珍与外婆最亲密

她们都来自贫瘠的乡村

在无所事事的下午，摆龙门阵

话题多是农事与节气

她的老伴以装疯卖傻的伎俩

骗过了

幼稚的红卫兵们的多次盘问

他一身顽疾，以肺痨为主

常年右手拄着拐杖

左手提着一袋刚刚煎好的中药

在我的印象中

他的药永远都吃不完

每次从我身边走过

他都带有浓重的草药味

以及喉咙里一团咳不出的黏痰

咕噜噜发出的摩擦声

但他像一根虽然压弯了

却难以折断的扁担

坚强地挺过了一个个冬天。

他们的孩子比我年长

在我读小学的时候

她们已经读初中

是一双女儿。大女儿嫁给了

一个纸厂的工人

不久之后离婚

小女儿身材矮小

嫁给了一个电工

挣了不少钱，可是命运无常

四十多岁就不幸患上了

妇科方面的癌症

姐妹俩各有一个儿子

如今，我无法想起她俩的儿子

甚至我怀疑自己

是否与他们见过面

6

他们的隔壁

是一个单亲家庭。之前
贺全安是野战部队的卫生员
个子不高，背却有点侧弯
仿佛生活给予他的重量不平衡
这个公认的老实人
第一次婚姻留下了一双女儿
妻子却在一次外伤后
被破伤风夺去了年轻的生命
悲痛让他无法在部队待下去了
他转业到了地方
第二次婚姻刚刚开始
他发现对方
原来是一个间歇性癫痫病人
他知道这意味着什么
第三次婚姻，他异常谨慎
与一位乡下姑娘恋爱了多年
各方情况均已摸透
就在打算结婚的前几日
一个从广东来到此地
销售医疗器材的青年人
偕同未婚妻逃之夭夭
从此，他杜绝了再婚的念头
服从了命运。两个女儿
还算争气，大女儿在医院当医生
小女儿去了南方，生意做得

虽然不大，但也风生水起

后来他抱养了一个儿子

是有人在一个清晨的大雾中

丢弃在医院门口的

大家都说，谁会丢弃一个男孩呢

一定有什么问题

他不听。后来果然发现

小男孩的智力上有些缺陷

贺全安明白了这一生中

疾病跟自己杠上了

他接受了挑战，将这个迟钝的儿子

培养成为一名厨师

虽然只能在一些小餐馆干活

但至少可以养活自己

7

东边的二楼是单位的领导人

周先生面容慈祥

说话慢条斯理，毫无逻辑

他喜欢养鸽子，打鸟雀

我一直没能明白

喂养和伤害同一种生命

为何可以体现在同一个人身上

这其中何为真、何为假

他拥有一支铅弹猎枪

周末，他和他的拥戴者们

开着单位唯一的

救护车，到附近的乡下

由当地卫生院领导亲自陪同

斑鸠、野鸡、鹌鹑

有时候进山，走得远一些

还能够收获麂子、野兔

令我最为伤心的

是他在一个夏日的黄昏

开枪击中了一只前来池塘

捞鱼的翠鸟。那一幕

多年以后还出现在我的梦中

那一天我流下了许多泪水

并在心里对这个刽子手

暗暗诅咒了许多天

他有四个女儿，一个不如一个

最小的女儿是痴呆

有人在背后议论

这一定是他常年为所欲为

被上苍惩戒的结果

8

现在我要提到这个院子里

迄今为止最为长寿的老人

费奶奶一生无儿无女

她在抗日战争年代

从东北逃出来。一大家子

全部被鬼子所杀

她嫁给了前来营救她的

勇敢的郭战士

郭老爷子是父亲的

上级的上级，是县城

卫生系统的最高行政长官

这个小脚老太太

满脸皱纹，沟壑纵深得

让我从未分辨出她的眼睛

是不是正在看着我

她一生都说着家乡话

和外婆聊天，外婆听着很吃力

我也很难听懂她们在说些什么

20 世纪 80 年代

一伙日本摄影家采风团

来到闻名遐迩的竹海

途经县城，停留了一日

我后来学习"万人空巷"这个成语

眼前浮现的，就是那天

热情的县长带着全城的老百姓

在新街十字口，向携带

长枪短炮的日本友人献花

混乱不堪的人群

大呼小叫的人群

费奶奶，这位仇恨满身的女性

垫着小脚，一步步，吃力地

以一桶烧得滚烫的菜油

作为礼物。可惜她年老体弱

力不从心，泼出去的油

没有达到她的预期效果

也避免了，给国家造成外交纠纷

她活到一百〇八岁，无疾而终

9

如果你看见何长莲

这位住在西面二楼角落的中年妇女

你无论如何也不会相信

她是一名拿过奖状的

幼儿园优秀教师

用"五大三粗"这个词来形容

简直是过于客气

她声如洪钟，膀大腰圆

走路行色匆匆，风风火火

好像要急着去建设四个现代化

她家的一只狗

给我留下了深刻的印象

和印记。我在一个

心情不错的晚上，用一块骨头

去逗它。谁想到它并不买账

跳上来狠狠地咬了我一口

向它的主人

展示了自己的忠诚和身手

但这件事的最终结果

是我母亲不依不饶

最后，它落得个被宰杀的下场

两家人因一条狗结下了梁子

很长一段时间都不再来往

后来，她的丈夫

那个地主出身，成分不好的

卢德权，主动将远在新疆的亲戚

带来的一包葡萄干送来我家

母亲才又开始了

和他家的继续走动

在父亲椎间盘突出发作的那个春节

这个好心人，自己动手

制作了一个便于牵引治疗的滑板

父亲很感激他，在后来的

工作中，对他投桃报李

他的两个儿子大学毕业，远在国外

事业有成。唯一的女儿

也是一个傻子，终身未嫁

在他家的楼下

就是大家背地里议论得最多的

狡猾的笑面虎葛三关

这位头发稀疏、弓着腰

成天拎着一个黑牛皮公文包的

计划生育站站长

逢人笑脸相迎

点头哈腰，无论男女老幼

他的妻子是一位结扎手术专家

她的工作纪录

是一天完成结扎三十多位

愁眉苦脸的已婚妇女

她娴熟的手法，赢来了良好的口碑

经常到乡村计生站

进行现场辅导

她的女儿是院子里

长相最漂亮、成绩最优异的

好学生，我和她

还有杨素珍的两个女儿

常常在星期天的下午

躺在后山的山坡上

看云，看碧玉溪缓缓地流淌

大家各怀心事

做着不同的白日梦

我的年龄比她们都要小

听见她们聊女孩之间的秘密

听不懂，又不敢发问

她十六那年的冬天

与班上的一名男生

可能发生了一段

被视为绝对禁区的早恋行为

被她母亲狠狠揍了一顿

事发当晚，她把自己

果断地投入到碧玉溪冰冷的水中

再也没有起来

这件事对我有一定的影响

我开始朦胧地意识到

死亡其实并不是

看上去的那么遥远和与己无关

更意外的是那位男生

后来考上了清华

是县城第一个考上清华的

他在大学里只读了一年

就被遣送回家，说是检查出了

精神上有什么问题

我记不起是否见过他

他叫什么名字。当然，这无关紧要

11

罗家的人个个精明

与我家相邻，我经常听到女主人

轻声地教育丈夫和孩子

如何精打细算，甚至

偷奸耍滑。罗三娃在当兵之前

就喜欢钻研电器修理

对计算机也有一定的研究

那时候，整个县城都难以

弄到一台计算机

但是，罗三娃却在种子公司

新近购买的兼容机里

神出鬼没地搞到了一台

他在别人下班后，搬回家

第二天上班前又赶紧搬回去

我曾在他家里

陪他鼓捣那些复杂的硬件

直至深夜。他的兴趣也燃起了

我的浓厚兴趣

这也许是后来我从事 IT 行业

最初的缘由和动机

他的姐姐从小酷爱画画

初中毕业考上了画专，成为一名

远近闻名的绘画老师

她的精明还不只是
体现在这一专业技术上
她成功地破坏了校长的家庭
成为校长的妻子
为未来的事业发展
提前奠定了重要的基础
也缩短了需要更多的时间
换来的成功。她大概在四十多岁
毅然离婚，目前定居香港
拥有一间自己的画廊
是否再婚，不得而知
罗三娃的妹妹
嫁给了县城最先富起来的
建筑商的后代
谁都不会想到
一个其貌不扬、身材矮胖的
女孩，怎么会有这样的福气
他们的父亲是县城里
有名的结核病专家
可是后来死于肺结核
命运真是一个会开玩笑的家伙

12

用大家的话说，宋家人
才是院子里最有势力的人物

他家跟县长的关系不一般

不过，究竟是怎样的不一般

大家无从知晓

卸任了一届的县长，临走之前

都会在他家吃上一顿饭

之后，上任的新县长

又继续跟他家保持密切来往

这个神秘的家庭

常年吃着别人吃不到的东西

他家的孩子，也不跟

院子里的其他孩子玩耍、打闹

宋家五口人，两大三小

两个大人在一个不起眼的工厂上班

三个孩子，清一色不苟言笑

五个人在大家的视线里

都是急匆匆的路人

出门或者回家。很难在院子里

看见他们站着和别人说话

女主人有时候

会跟擦肩而过的人打招呼

也就是点一下头，或歪一下嘴角

宋家的大女儿出嫁那天

县里和市里都来了不少官员

院子里热闹非凡

日子是请人看过的

秋高气爽，天空晴朗
鞭炮放多少串，地毯铺多少米
都经过专业者的精心计算
我从未见过如此的阵仗
院子外停放的汽车
多得一眼望不到边
婚礼中的接亲仪式隆重而规范
完全不是一个小户人家
能够和敢于大张旗鼓举行的
我不知道宋氏三姐弟
日后的情况。因为他们是
最先离开县城的一家子

13

住在我家上面的谢家
谢庆文是县人副大主任
东北人，高个子
喜欢在夜里和周末拉二胡
总是一曲《二泉映月》
有时候我在看书的时候听到它
心中总会油然而生一丝悲凉
我不知道我少年老成的性格
是否与此有关
长大以后，我一听到这首曲子
有那么一瞬间我会产生错觉

我以为自己还坐在院子的阳台上

捧着一本书，勾勾画画

这种情况大约会持续几十秒

我才又回到现实中

可见音乐

对一个人的影响有多深

他的妻子是一个神经衰弱的人

无论早晚都喜欢在屋子里慢跑

母亲只要一听到

那种细碎而经久不息的脚步声

就会不耐烦地骂上一句

他们的女儿嫁给了

一个远在沿海工作的吉他手

我从未见过他

好像他从未来过这里

他们的儿子长得孔武有力

在市里一所不知名的中专当副校长

据说分管宣传工作

生活平平淡淡，育有一子

14

二十岁那年的秋天

经过多方努力

我终于得以辞行父母，独自

开始漫长的异地打拼生活

外婆在三年前去世
她带大了我，但她临终前
我却没能在她身边
那年她一直闹着想回乡看看
在这里生活了十多年
她从未提及。也许冥冥之中
她认为自己回乡的时刻到了
她的确再也未能走出来
外婆的猝然去世，再一次令我
对生命的无常加深了认识
亲人们将逐渐老去
就像院子里的房屋、池塘和石阶
它们必将在某一天荒芜
必将被后来者推翻、挖掘
重新建设。每一个县城
都在开发新区，都在旧城改造
而我生活在这个院子
时至今日，除了一片杂草和瓦砾
一些窜来窜去的野猫
山鼠、蛇和鸟雀
已经没有一个人还在这里
我们曾经留下的痕迹
再也找不到了，我知道
他们和它们，早已随风而去

在安宁镇（组诗）

1. 角落里的老妇人

她仿佛一直都是

一张过时的

网状的塑料袋

装过化肥、泥巴、土豆和尘埃

如今什么也装不下了

只剩下空洞的肺

风中飘荡着阵阵咳嗽

是她仅有的语言

她是晚年的一张旧床单

悬于门楣之上

上面的痕迹，不是污渍

是一条

拐了七次

或九次弯的泥泞之路

2. 知识分子

拐杖扶着他，还有一件

灰色的大衣

挂在他仅剩的骨架上

移动。从上午到黄昏

他刚刚经过一棵树的阴影
暗处的中药
是他大半生的伴侣
煎沸的袅袅苦香
让院子里的植物们
熟悉了疾病的种种面具
这个以装疯卖傻
从六十年代后期的运动中
成功逃脱的
知识分子，却没能逃出
死神有意半掩的大门

3. 姓杨的中年人

从阵地上落下来，子弹壳
满满一脑子。农民的后代
终日急急如律令
中年得子，土里的地瓜
甜得如山中的蜂蜜
百发百中的手指
捏不稳一支钢笔，和一双
铸铁的筷子
老婆突然失踪了，又在
一条干涸的河床上被发现
凶手下落不明
从此，他成为一根扁担

需要别人的肩头

替他吃力地挨过一日

又一日

4. 一个小领导

立冬之后，罗站长的笑容

终于戛然而止。他是一个

不知道如何将微笑

停止下来的男人

我曾一度怀疑，他身后

是否牵着一只哭泣的骆驼

藏得很深

我们看不见，也听不见

后来，肺里的癌细胞

大张旗鼓地

敲了他的门。邻居说

当死神牵着他的双手上路时

微笑，仍然牢牢地镌刻在

他那张宽大无比的脸颊

5. 苏小妹走了

一年四季，她的鼻涕

顽强地挂在唇缘

像挥之不去的

一段阴影。她的母亲

在她降生的第一百天

被一个叫破伤风的家伙

押解而去

从此未归。于她而言

母亲这个词只是池中的一道

波纹。有一天她突然消失

当人们将她忘记

她又突然回来

这期间的十八年里

她把自己变成了

一位真实可靠的母亲

6. 关奶奶的心事

她脸上的皱纹与五官

因为一段仇恨而挤在一起

侵华战争

夺走了她在东北的

所有亲人

这位走路踉踉跄跄的

老妇人，一生从未跌倒

八十年代的一个冬日

她终于等来了一群无辜的

日本旅行者。她打算用一桶

滚烫的菜油祭奠故乡的

一草一木。可惜她太老了

力不从心。即使这样

她也未放弃

她宁愿把自己

送进医院和监狱

7. 鞋匠就在窗外

他在我的楼下，敲打

一根根钉子。腰间的围裙

被生活啃出了一个个窟窿

又被他一次次缝好

他终日坐在一张矮凳上

从某一个角度看，他始终

是站立的。每一双鞋子

到最后都需要一根钉子来支撑

就像我手中的拐杖

必须成为余生

重要的一部分

我们都熟悉他，如同熟悉

他手中的那把枣木柄的

榔头，这是他对付生活的

一件闪亮的武器

8. 意外或不是

掠水虫浮在水面，水蛭

浮在水面，一个六岁的孩子

也浮在水面。谁也没有
听见他的挣扎和呼喊
七月的午后，阳光
明晃晃地拍打周围的一切
那个黑衣人就这样
明目张胆地带走了他
如洗的晴空
万年青、黄葛树和太湖石
一定目睹了整个过程
可是，谁也没有吭声
谁也没有
站出来，伸手拉他一把

9. 出身的问题

他是地主的后代
他的脊背一生都未能挺直
七十年代，他已经
很老了。九十年代的他
还是那么老
他仍然慢吞吞地走路
慢吞吞地说话
以此表明，他没做亏心事
用不着逃跑
他有很多绝活都未能
传下来。他的儿子

是穿中山装的国家干部

对他父亲一切

从来都是，嗤之以鼻

10. 最好的伙伴

他告诉我那是一块空地

我走进去，陷入石灰水里

那是暮冬的一个下午

还好，它并不深

淹过我五岁的膝盖

我的大哭换来他的大笑

但我们依然要好

后来他穿上了军装

在这样的和平年代

遭遇了死神

据说那是一次常规演习

为了挽回一个新兵的失误

炸弹裂开了。我看见

他苍老的母亲

成天在院子的角落走走停停

11. 我们的院子

它被三面山坡，和一排

两层的楼房围在一起

两口池塘和万年青

杂草，以及一株

长势良好的黄葛树

占据了绝大多数的面积

剩下给我的空间

那么小，又那么大

整整十年，我从这里开始

读书认字，直到登上北去的列车

我熟悉的，有一窝蚂蚁

一条乌梢蛇，两只掠水鸟

和后来搬进来的燕子和喜鹊

植物们就不必说了

我叫不出它们的名字

但是，我至今都记得它们

12. 那一口池塘

起初它们是不存在的，而是

两口花园，一株黄葛树

后来，路过一位青衣道人

他把它们变成了池塘

水很深，一个人站在池底

就看不见头顶了

我在这里认识了不少鱼的种类

还有一只翠鸟，常常在

黄昏时分，耐心地立于栏杆

它从水中掠夺了多少食物

我无从知晓。直到有一天
一粒猎枪的子弹准确地将它
击倒。我从屋里冲出来
那一天我泪流满面
仿佛一位亲人过早地离世

13. 糍粑带来忧伤

端午节，天色灰暗
父亲一大早外出去买糯米
那个年代，谈何容易
临近中午，他终于回来了
这是意外的成功
小小的一袋收获
被他幸福地扛在肩上
我们赶紧砍柴烧水
蒸笼上屉，黄昏降临之时
糯米可以出笼了，用擂姜棒
舂捣。我和父亲轮番上阵
不多时已汗流浃背
米香和芝麻香同时弥漫堂屋
也引来了父亲的上级
他的一番口舌，最终带走了
我一整天的渴望
和他身后的一口唾沫

14. 北方的谢主任

我从来没有听懂他说的话

他来自北方，是很远的北方

有着北方人的魁梧

完全不是读书人的长相

他抽烟，浓烈的叶子烟

常常遮住他，刀刻般的脸

熏得我咳嗽连连

他从楼梯口摔下来的那天

烟杆正好顶破了他的肝

戒烟就此开始

仅仅三天，或者五天

他又故伎重施

一个喝酒抽烟的人最终长寿

是不合情理的。这个反面教材

成为许多男人的借口和勇气

15. 淯江上的渡船

它一生都行走在淯江之上

那位抽叶子烟的船夫

一根竹篙，被他的双手

摩挲得发亮。七星山下的村人

过河前来赶集，猪和番茄

成捆的白菜和烧制的瓦器

摇摇晃晃，离开故地
码头上守候着贩运的商人
他们手执一根竹棍
东敲敲，西叩叩
更大的船就在岸边停靠着
穿褂子的汉子们搬上搬下
船夫蹲在船头看着他们
那里面有他的儿子
和女婿。有他曾经丢失的
一条故意不识东家的黄狗

16. 隔三岔五的集市

也就是一条弯曲的长街
狭窄的、青石铺就的
歪歪斜斜的长街。一大早
近村的农民挑着扁担
竹筐、簸箕、笤箕和瓦罐
从沿河的低矮处
沿街而上。杀鸡的是一摊
宰鱼的是另一摊
更多的是卖猪肉的屠户
他们聚集在长街的最高处
吆喝声此起彼伏。每个人
只能听见自己所关心的声音
我牵着外婆的手，走在

那个年代特有的气息中

17. 庄园不会废弃

如今他成为县委党校的所在
可以想象，六十年前
它的辉煌是多么如日中天
七星山下的码头，宛如
蚁行的挑夫队伍
贩盐的航船停靠在山脚
跛足管家的吆喝声
回荡在三月油菜花的芬芳中
我推门而进，破败的院落
像一个束手而立低头认错的孩子
他用右脚来回蹭着地面
苔藓爬过了木制窗台
四处的蛛网，挂满雨滴
挂满了声声叹息的重重尘埃

18. 蚂蚁在身边

我们是邻居，许多年了
它们选择我家的门槛
在砖缝和泥土之间
建设家园。大雨从未波及
这个院子里的旺族
它们长相相同，不分彼此

我向来认为

它们一定认得

我这个八岁的孩子

在夏天的午后

趴在地上陪伴它们

在晚饭时偷偷给几颗饭粒

如今，我离开三十年了

它们是否安在，是否已经搬家

就像我在墙上写下的愿望

是否早已模糊，从我的心中消失

19. 浪漫的油菜地

它们又开始了灿烂的表演

这片局促的油菜地

三月的风刚刚吹过两遍

细雨落过三场。越来越轻的

阳光照耀所有事物的表面

花间的蜜蜂

是此时最多的飞行器

两人多高的菜地里

即将弥漫着浪漫的故事

我背着书包从旁边的小径经过

窸窸窣窣的声响

从花香四溢的空气中传来

我知道那不是两只猫

或者两只狗在暗处撒欢

20. 雨夜多么年轻

昏暗的台灯点亮了书桌
以及我们年轻的肌肤
手足无措的绵绵细雨
在窗外的不远处
漫长无边，落在发亮的树叶
和我们逐渐上涨的
惺惺相惜的那颗月亮的背面
我即将离开
这座摇晃的小城
目光，内容不再是
一朝一夕中平静的湖水
风吹动窗帘刮过我发烫的脸
我不能关窗，更不能
关闭房门。我担心我会
冲进雨夜里，大哭一场

21. 灰暗的地下室

它起初是堆放药品
和器械的库房
后来搬进来许多住客
比如两条菜花蛇，一窝蝙蝠
数目不清的壁虎和山鼠

每次走进去

我都会小心翼翼

尽量不打扰它们的休息

空气中游动着阴湿的寒气

这不仅仅取决于

它们在黑暗中的各种活动

那一年的大水

漫过地下室

留下一缕拯救者的冤魂

那么年轻，那么执着

那么无惧

22. 统治者

它根本不是一只鹅

而是一只猛禽。院子里的

鸡鸭猫狗都惧怕它

每天清晨，它昂首阔步

走出栅栏的时候

俨然一位帝王

并不急于

走向坡顶。它努力扇动双翅

将院子里的一切

扫视一遍

缓缓登上台阶

向临近碧玉溪的山坡

投下一个伟岸的背影

23. 食堂的记忆

停水了。但食堂的水缸里

水是满的。每家每户挑着木桶

不用排队，先后自知

蒸笼里隔三岔五会上屉

咸菜肉，跳水兔，白油南瓜……

如果你有什么想法

可以告诉谢娘娘

她的拿手菜

从来没有边际

她在这里待了十多年

院子里的女人们

向她学习了多种菜肴的制作

后来有了一台电视

食堂，就是院子里

夜晚的中心

24. 岁月无情

一个男人的离开，令她

三根神经砰然断裂

她从一名医生

成为精神病院的一名患者

那时候，我不相信

她是院子里最活泼的樱桃

隔开一堵墙，你都可以

听见她白兰鸽般的笑声

但是，一个中年男人的出现

和突然消失，击垮了她

这让我明白世上的许多事情

如阳光下的玻璃

那般平淡无奇，又光怪陆离

25. 大火冲天

谁也没有想到，这场火灾

会发生在我们身上

黑暗中，一个五岁孩子的

游戏，让酒精库房被瞬间点燃

爆炸掀翻了三层办公楼

和邻近的居民房

天空被烧坏了一大半

却未能漏下一滴雨

县城里的人大多从深夜的

睡眠中挣扎着爬起来

恍恍惚惚看着死神

纵马从身旁一掠而去

26. 洗脚荡的光阴

渡河而来的人

逢雨天，满腿泥浆
自觉在这里濯洗
这是进城前的第一道工序
这个地名多么形象
淯江在此拐弯
围成一潭浅水
仿佛是专门为此而成
赶集的清晨，渡船一靠岸
搓脚的声响不绝于耳
一双双湿漉漉的腿沿后街而上
黝黑或白皙的皮肤
很快消失在
各色商铺和摊点之中

十月，在大凉山（组诗）

1. 再一次撞见邛海

每一次相见都是那么陌生

我知道我老了，辨别事物的

真伪令我头痛而迟钝

这一汪瑶池，还是上次触及的水波

水面的遣词造句

务必要记得一次次相异

有人蹲在海边垂钓，他不再是

送我两筐醉虾的那位彝人

我把双足浸入海中

顷刻，有神仙从西山驾云而至

我一阵窃喜

我知道我又将遭遇

一次崭新而残缺的醍醐灌顶

2. 一条穿山的路

一条路穿山而过

我们行驶在山的心脏

我听到了

这座山的心跳

如山涧乱石上腾起的波涛

我们穿过一座座山的
心脏。于是
在西南的群山之间
此起彼伏又急促的心跳声
如地底深处醒来的脉动
震荡了林间的风，震颤了
赶路的云
大团大团的云掉下来
卡在了山腰

3. 大气无所不在

在凉山，山很大气
跑上两三天，你还没有
走出一座山
你在三天前望见的那片云
如今还在你的头顶
也就是说，云也很大气
一片云可以随时在山间游走
随时在一剪山顶留宿
就像现在的我们
支起帐篷，随便选一块巨石
住下来，等候光线尽失
然后展开的
那一汪明澈的星空

4. 大箐乡的山

这里的山不会各自为阵

它们的手牵得很紧

连绵起伏。这里的落叶松

腰板硬朗

再大再劲的风也不会

让它们弯一下身躯

它们的手也牵得很紧

在看上去松软的泥土里，岩石

与岩石挤出的缝隙中

大箐山，它不是一座山

它是万马奔腾，众山的组合

在这里，你才知道

此生还有许多山没有爬过

还有许多路

一辈子都没有机会

去走一走

5. 登螺髻山

将长发高挽，成一个髻

立于山巅之上

螺髻山，这是谁想出的名字

多么名副其实。美

已经不能总结出它的片羽

云与水，羊与石头

在目所能及的背阴之地

所有的排列布局

不是一幅画，一首诗，一支曲子

能够清晰地表达

松涛在风中远远近近地呼吸

往山下去，一泓清泉

必定等着你

它知道你一定会前往，掬饮

6. 山脚的人家

一切都是慢吞吞的

路边的彝人，和他身后的牛

远处山坡上

一群散落的羊低头吃草

两个老妇人的对话

山与云也是慢条斯理地

向西移动。雪山上下来的水

到了这里一下子

慢下来

风也是慢慢地吹

炊烟也是慢慢地歪斜

在这里，谁都无法快起来

我也必须做一个

尽量慢下来的过客

7. 一条值得书写的黄狗

木呷的土黄狗，杂毛

趴在树下的阴影里

这么热的天，它没有吐舌头

它认识所有经过它的人

我住进来两天，它就知道

我的背包里藏有薄荷糖和牛肉粒

它在一个昏昏欲睡的午后

偷偷翻阅我的背包

最终未能得逞。我的警觉

不亚于它。被我发现后的尴尬

明显写在它的眼中

它灰溜溜地从门缝里挤出去

途中，扭过头向我

歉意地看了一眼

8. 马车夫的瞌睡

他坐在马车上打瞌睡

脑袋歪向一边

头上的帽子，只要一碰就掉

我担心他从座位上摔下来

正午的阳光，在几米外

停下来不走了，就像他的马车

无人问津，也不走了

马仰天甩甩头，打了两个响鼻

我要上山去见一位老彝人

我打算租他的马车

我打算拍拍他肩头的手

停在了半空中。我可以不着急

我可以让他多休息一会儿

9. 那不是一堆石头

山涧的乱石是另一种

羊群。它们在此低首饮水

从不昂首挺胸

它们与时间和空间无关

与宇与宙无关

它们的一生只坚守一条溪流

它们即为阻挡而生

也为放行而生

它们不关心日月星辰

不关心阴阳万物

它们没有前世与来生

这是真正的修行者吗？

一粒石头，眼中只有云与天

山与草，松树，雨和鸟鸣……

10. 峡谷就在眼前

它们不会突然合拢吧

老天啊老天

隔得如此之近

我夹在其中，如蝼蚁缓行

我怀疑它原本就是一座山

被一斧劈开

崖壁那么直，伤口那么整齐

是上古的闪电，还是盘古所为

雪山上的水遂借道而下

乱石轰鸣，飞花四溅

我在一户人家的门口驻足

说话，拍照

接受一顿热情的坨坨肉

掬几捧雪水洗脸，小心地浅饮

我知道，只有沁骨的雪水

才能涤濯灵魂

11. 西昌的烧烤

别想着有人为你服务

一切都得自己动手

一盆铁制的炭火悬挂在

房梁的中央

仿佛垂了数百年

祖先们在此烤过麂子

烤过野鸡野兔，红苕和土豆

你想烤点什么，青睐

何种蘸碟，去靠窗的长桌

细细打量。你的举棋不定

源于邻桌的常客们

觥筹交错间飘出的香味

他们谈笑风生、载歌载舞，说着

你听不懂的土著语言

以及，木碗木瓢里盛满了

你喝不惯的酒

12. 车过普格县

沿途都是普通的

窗格子。低矮的瓦房贴地而建

普格普格

嘴唇与舌根动弹的发音

多么美妙

神性的命名俯拾皆是

马蹄落在石子上

与落在草尖的美，并无二致

山里的人都低着头

牛和羊都低着头

他们敬畏的祖先就在山上

只有狗，在夜晚昂首狂吠

一声接一声，对着满月

13. 扯羊，扯羊

这样的地名
一定有令人意想不到的故事
一整天，我见到了
许多羊，和少言寡语的彝人
我不知道，他们是不是
扯羊的羊和扯羊的人
为什么一只羊
需要一双手去拉扯
我想起前几日在彝海的寨子
我和几个彝人说了一下午的话
一只年少无知的羊羔
一直陪在我们脚边
晚上，在成为我们餐桌上的
佳肴之前，它与它的主人
在屋外拉扯了许久

14. 这里的黄昏

黄昏，人和家畜都往回走
你可以看见
他们各走各的道
无边的草地上
会突然站起一位彝人
仿佛他是从地里长出来的

他头上的草帽是稻草人的草帽

他的衣衫

没有像我家乡的农人

顺手搭在肩头

他的手中也不是握着农具

而是一只空酒瓶，一根细草绳

还有一条土黄狗

跟在身前身后，跑近又跑远

不时对着天空

懒洋洋地吠几声

15. 重新发现的风水

我说我看见了青龙

你不会相信。我说我看见了

白虎，你也不会相信

其实岂止这些

朱雀与玄武，坡上坡下

随处可见

在这里你不用去寻龙点穴

不用罗经和寻龙尺

到处都是龙与穴

到处都是砂与水

随便在一块草地或石头上

坐下，风都会送来

仙界的逍遥与启示

16. 不得不说的阳光

首先是云团披金挂彩

薄弱的地方，阳光倾泻而下

后羿的箭倒插于此

云与光在远处的山顶

构筑难以分清

是否是真实的雪景

然后，风与光

再次联手制造出迷惑

你以为在海拔三千米以上

气温必定不高，然而日照的

芒刺，在皮肤上留下的猩红

会成为你

来此久居的不灭证据

17. 松树站满山坡

它们站满了眼前的山坡

不留空隙。不让一根杂草

有探头探脑的机会

不让一剪岩石

破土而露。松针叶落逾千年

只有苔藓、蕨草

保持一如既往的喜色

松鼠在日落之前躲入树洞

我知道，它们并不急于入睡
它们在鼓捣入冬前的粮食
我还知道
总有一些响动怎么也掩饰不住
像我们偶然遭遇的喜悦
在暮色渐浓的林间
在雾霭渐深的青涧

18. 一块巨石

我从未见过
如此巨大的岩石
我认为，可以把它称为一座山
但它的确又不是
我们平时所理解的那种山脉
它只是一块巨石
这世间怎会有这样的巨石
它仅仅露出了一部分
还有多么庞大的身躯
在地下？谁也不得而知
一块石头耸立在我们这一帮
从图书馆里走出来的人
面前。它让学识渊博的我们
惊愕万分，心生敬畏

19. 看见一匹瀑布

九十九里，这世间少有的

温暖的瀑布

它不是挂在山前的

一匹麻。雪山就在举头之间

帽子落下，追赶

一涧汹涌奔流的羊群

雪白的羊群，抑或云朵

巨石被撞开的一道道裂口

在我胸中闪过的疼痛

多么痛快的疼痛。我怎样才能

把它给予崖壁的温度

攥于掌中，偷偷地带回到

炙热而冰冷的

一座座

灯火辉煌的至爱之所

20. 回家的羊群

天快黑了，羊群还没有回

我着急，木呷不着急

他说它们会回来的

天黑尽了，月色洒满山间

羊群真的回来了

一只也不少。我迷惑

它们为何，有时早回有时晚归

木呷不抬头，手指蓝天

羊群看月。有月之夜

允许它们在山脚多待一会儿

木呷的儿子九岁

他向我招手

走，咱俩去看看它们

吃饱了没有

21. 一个寨子的气息

你走了很久，还是没有走出

一个寨子的气息

一匹无人陪同的马

经过你，好像一位流浪的绅士

与你擦肩而过

它不会回头

你扭头，看见它棕色发亮的鬃

它这是要去哪里

马厩，还是坡上的草地

它经过的几个彝人

友好地拍拍它，显然是老相识

你有一瞬间恍若隔世

仿佛这里

是一个人可能的安身之所

22. 云朵，云躲

躲在一朵云的脚下

就像鸡仔，躲在一只母鸡的身下

灿烂的阳光就在近旁

它可以瞧见我，但捉不住我

这是一个有趣的游戏

至少在我看来

我可以利用一朵矮个子云团

无须高墙与树丛的庇护

躲开，至高无上的太阳之光

以免在如此开阔的地带

给这仙山净地

留下一个俗气十足的

扁平的阴影

23. 不如这样

山太高了，可望不可即

山太多了，遍地都是

这世间的滩涂，这山是卵石

还有比山更高、更多的云

比云更多、更低矮的山涧

把它们

统统收在一部手机里

不，还不如留在一首诗中

无须精雕细琢
即便如此，也是远远不够的
把它们留在哪里
都不如
索性把自己停下来，留在这里

24. 早些时候的雅安

你可以看到，云就住在山上
它们不会早出晚归
云卷云舒，这跟时间没有关系
雅安的雨是不请自来的
一来就流连不走了
阳光则不同
你思念它如同异乡人思念故乡
它久久未至，仿佛这里
是它的伤心之地，遗失之所
世间的雨大部分都落在这里了
那你就常来吧
拾一些回去。生活
也许就没有那么难以对付了

25. 终于下雨了

等候了一个多月的雨
落在昨夜。我的酣睡太沉了
晨起，它们已远走

满目晃晃的阳光正在加速

为它们收拾残局

我错过了一场及时雨

多么可惜。它们落在我的梦里

我却没能撞见

木呷告诉我，这里的雨大多数

去往山上。住在山脚的我们

雨是罕见而珍贵的

木呷的儿子小声对我说

山北那边的雨多，你想不想看

我下午带你去

26. 星空如此亲切

最后我将记录下星空

这是世上

最广袤、最低矮的星空

你完全可以伸手触及

它不是支在你头上的

一床布毯，也不是浩渺茫茫的

无望的神秘

在目所能及之处

它贴着远处的草坡、溪流

落向更低的乱石、屋顶

这里的天从来不会黑尽

多么密集的星光。在走向黎明的

路上，它会逐渐上升

最后回到天际，直到

下一次夜深人静，再次降临

九十年代的县医院（组诗）

1. 在县医院

到处都是晃动的白色

到处都是高低的

呻吟。有的人被抬进来

再也未能出去

有的人从未进来过

却在这里降生

生与死这对难兄难弟

一直不曾分离。在县医院

空中弥漫着拯救的气息

我的母亲，一个儿科医生

有三十八年的光阴

都根植在这里

2. 凌晨的腹痛病人

那是一个扯天喊地的

农妇。腹痛令她大汗淋漓

不明所以的丈夫

那个裤腿上

沾满泥巴的迟钝的男人

不知道该如何

使用自己的手脚

深夜两点，妇产科的走廊

静如一潭死水

值班的医生尚在梦中

她被转入三楼的外科手术室

阑尾穿孔，整个腹腔

堆积晚饭时食进的辣椒

还好，时间被用得恰到好处

死神只不过溜了一圈

又漫不经心地离开

3. 一场无休止的会诊

肺部的阴影并不明确

会诊的医生

各执一词。现在

要不要打开胸腔

切下一块这该死的软组织

但如果不是

恶性的铅块，病理活检

就是一场多余的伤害

这让守候在门外的家人

为难和焦急

这样的选择从未有过

这不同于

面对一丛荒草

犹豫着要不要将它扯去

4. 妇产科的画面

她们一排排坐在长椅上

在即将成为母亲的

途中，并不是所有的

准妈妈都面溢幸福

那个看上去不满十八岁的

女孩，她眼里藏不住的兔子

如惊恐的麻雀

她不知道孩子的父亲

如今在哪里

她甚至不知道

自己是如何一步步就坐在这里了

没有一个家人前来

他们耻于陪伴

这人生中艰难的一关呵

需要她独自面对

5. 一个腹水症患者

他腹大如鼓，斜躺于床上

我从未见过有人

前来看望他

两个多月的时间

于他而言就是漫长的一生

他是病房里

不多言多语的人

仿佛他成天困于回忆中

他没有笑脸，也无叹息

难以起身去户外走走

他离世的那天下午

来了一个年轻人

和他生前一样

没有笑脸，也无叹息

更无一声像样的抽泣

6. 手术室

他被推进来

难以掩饰的紧张溢于言表

他不断追问身边的护士

护士并不作答

大家都忙于术前准备

这是一个阑尾切除术

在众多的手术中不值一提

金属器械早已备好

主刀医生还在隔壁接电话

从高亢的语调来判断

他正在处理一件棘手的家事

整个节奏慢下来

麻醉师手中的针筒

像蓄势待发又突然接到命令
暂停攻击的冲锋兵
手术室的空气中弥漫着
一种漫不经心的疲惫

7. 助产士小叶

她躲在办公室的阴影里
抽泣。她刚刚接生了一个婴儿
幸福地迎接了一声啼哭
就接到武装部的通知
她已经订婚的对象
在一次军事演习中出了意外
她见过许多人的生死
现在自己遇到了
她除了无尽的悲伤，和不知所措
她不知道接下来的生活
该如何是好。她的年龄不小了
好不容易遇见了正缘
命运却给她拐了一个大弯
经过她身边的人
轻轻地拍拍她，说不出安慰的话
有人帮她简单地收拾了一下
送她出了门

8. 草坪上的长椅

一只扶手已经朽坏了的

木质长椅，长期的日晒雨淋

经不住岁月和悲伤的侵袭

它记不清有多少人

坐在这里等候健康或死亡的叩问

一个老人或孩子的无奈

与天真。天晴的日子

它听见身体里骨质咔咔作响

水分被阳光一点点带走

有时候它比坐在上面的人还要悲伤

它从他们的眼里

看到了自己即将到来的年迈

那时候它将被移走，丢弃

会有一张更加结实好看的长椅

安放于此。它知道

自己也是这所医院的一个老病号

9. 药房

药房里充斥着拯救的气息

这是我的认为。那时候

我七岁或者八岁

每次随母亲进入药房

看见药片在玻璃瓶或纸袋里

像一只只沉睡的蝴蝶

我就会认为

它们飞到谁的手里

谁就是幸运的，就会好起来

药房主任死于一场酒宴

一次暴饮暴食过后的

急性胰腺炎

蝴蝶还来不及飞向他

他就已经被推到了太平间

10. 门诊部的夜晚

白日的喧嚣突然撤退

空出一大片寂静

门顶的灯光半睁着眼

几个家属模样的男人横七竖八

半躺在水泥地板上

昏昏欲睡。被疲惫折磨的

墙上的那口挂钟

吃力地保持着自己的节奏

没有谁对它每隔一个小时的提醒

有所表示。值班室空无一人

房门大开。屋里的灯光

漏出来一大半

将空寂的走廊分割成两部分

一半是黑暗

另一半还是黑暗

11. 一个老病号

他把医院当成了家

在这里，他已经生活了近十年

一个老病号，谁都认识

新来的病人会误以为他是清洁工

他看上去似乎很健康

其实，他患有一种慢性病

在内科二部，三十九号病床

一个靠窗的位置

病床的一头堆满了衣物和洗漱用品

另一头是饭盒和几本书

每天清扫病房的时候

他会换上一件陈旧的外套

哼着曲调，主动帮忙打下手

这个快活的老头

在县医院，显得多么健康

12. 传染病房的走廊

它是一幢独立的

两层楼房，被三道木门

隔离。这里的病人

都要经过一道长长的无窗的走廊

才能撞见阳光

不知为何，这里没有灯

悠长的黑暗像一条方形隧道

一头通往缄默，另一头

连接释放。大多数从里面出去的人

会被登记造册

被另一个部门追踪一段时间

他们的家人

也会跟其保持一定的距离

有的人一生都会携带

某种病毒，像扶养一个敌人

双方相安无事，最后同归于尽

13. 一粒神奇的药丸

门诊部的上午

固然是人头攒动

混乱的局面持续到十一点多

邵医生才得以偷闲

他拎着空水瓶去食堂的

路上，突然倒地

人事不省。这是一次意外

退休的老中医翁主任

正巧今日到医院领工资

他分开众人，从上衣口袋里

摸出一粒暗黑色的药丸

邵医生很快苏醒

这神奇的一幕令我讶异良久

父亲说，民间

有许多祖传之术

秘不示人，却能救人于水火

14. 从医院里走出来的道士

他被四个壮汉用一辆板车

手忙脚乱地拉进来

血，从他的额骨、胸部

和左手臂汩汩而出

一场意外的车祸将他交给死神

死神是否收留他

全凭天意。手术室很快准备就绪

七个多小时的忙碌

一个多月的静养

他出院了。好心的死神

放了他一马

多年后当我遇见他

他已是老君山的一名专职道士

他告诉我，他早都不开车了

15. 血站

许多人的血聚集于此

县城里的人

彼此之间，可能你的脉管里

已经涌动了我去年的血

然而我俩毫无所知

血站，生命的拯救补给所

多么像春天的一根枝条

刚刚从雨里冒出新芽

从它嫩绿之光的照耀下经过

垂危之人

得以告别提前的死亡

更多的人加入进来。那些被拯救者

成为世间永恒的起义军

一个献过血的人

他不一定能获得上苍

多余的眷顾

却能够透析，生命的另一层含义

16. X 光室的谢主任

潜伏的敌人被发现

那一小块肺部的阴影

目前看来尚未有转移的迹象

这是 X 光室的谢主任

工作了六十年的左肺

就在这间暗室里

他替人民揪出了无数个癌细胞

但是没有想到

这些死灰复燃的家伙

现在等到了复仇的时机

在接下来的两个月时间里

谢主任的胸腔被打开了两次

射线并未尽心尽职

敌人的转移早已进行

谢主任离开了我们

他揪出的敌人，一直未能除尽

17. 挂号室的眼睛

她被抓走了。她只有十九岁

她是顶替她父亲的工作

才在挂号室谋求了一份收入

但她的梦想从来不在这里

她画画，写诗

她的梦住在远方的某座城市

仅仅过了半年，她的行径暴露

她抽走了一千块钱的公款

没有来得及到达省城

落网。人们惊叹于

这个平时少言寡语的少女

出人意料的举动，扼腕叹息

她那老实巴交的父亲

从此，我从挂号室窗口经过

总是挥之不去

曾经的那一双眼睛

那么澄澈，迷蒙，那么格格不入

18. 桉树

它应该在医院诞生之前
就在这里，或者在建设过程中
故意避开了它
这原本就是它的领地
住院大楼和锅炉房正好围着它
这一小块院坝，还有杂草
万年青。它是唯一一棵大树
高过了手术室的窗口
它的身上有七八颗带钩的长钉
那是到树下晒太阳的病人
挂吊瓶的地方
通往太平间的路经过这里
无尽的哭泣从未停止过
它会看到一个个空寂的夜晚
有人在树下一边偷偷地烧纸
一边跟新增的亡魂小声地说话

19. 仿佛一盏灯

那时候的县医院
没有专门的儿科病房
在门诊部走廊的尽头
母亲，儿科诊疗室主任
常年坐在南面靠窗的长桌旁
仿佛一盏灯，这是
我所能想到的

最朴素最准确的描述
白日里，这间狭小的诊断室
拥挤不堪。孩子们的哭声
一直到夜晚还回荡在空空的走廊
许多年以后，一位病人家属
在一次友人的聚会上
露出惊讶的神色
你是陈主任的儿子嗦？
陈主任啊，当年简直是……
她没有说下去
只是竖起了右手的大拇指